古文に親しもう
声に出して楽しもう　古典の世界
■監修　伊東玉美
（白百合女子大学教授）

はじめに

音楽や美術にも、古典といわれるものがあります。それらは長い時間、多くの人々に愛され、影響をあたえつづけてきたという共通点を持っています。この本でとりあげている、日本の古典文学の名場面が、何百年、あるいは千年ものあいだ、人気をたもちつづけてきたのはなぜなのか、味わってみてほしいと思います。

古典とは、時間がたったあとに「出会い」、そして「再会」するものです。作者が執筆したあと、時代の異なる読者が、その文章と「出会い」ます。そのとき、わたしたちは、人間の本質はかわらないものだな、と思う場合と、もはやとりもどせない感覚があるのだな、と思う場合とがあるでしょう。そして、わたしたち読者の人生のなかでも、大人になって古典と「再会」することで、最初にその文章を読んだときのことを思い出したり、昔とは大きくちがった感想を持ったりすることでしょう。

この一冊が、その「再会」にむけての、古典との大切な「出会い」の場となることを願っています。

伊東玉美

もくじ

この本について

- 古文の文字の右側には、現代仮名づかいのふりがなを記しています。当時、発音されていたと推定される読みを記している場合もあります。漢字の左側には、歴史的仮名づかいのふりがなを記しています。
- 古文にあるカタカナの部分は、原文にはなく、現代の研究者がおぎなったものをふくんでいます。

竹取物語

『竹取物語』は、現代では「かぐや姫」の物語としてよく知られています。物語が成立したのは古く、今からおよそ千年以上前、平安時代のはじめごろと考えられています。現存する物語としては日本最古といわれ、仮名文字を使って書かれた最初の物語とされています。作者はさだかではありませんが、教養の高い貴族の男性ではないかと推測されています。

おさないかぐや姫は、おじいさんとおばあさんに大切に育てられた。「竹取物語絵巻 上巻」（立教大学図書館所蔵）。

あらすじ

昔、竹取のおじいさんがいました。ある日、おじいさんが山に竹をとりに出かけたとき、光る竹のなかに小さな女の子を見つけます。おじいさんは、おばあさんの待つ家に女の子をつれて帰り、大切に育てることにしました。女の子はすくすくと成長し、三か月ほどで一人前の娘になりました。娘は光りかがやくように美しいことから、「かぐや姫」と名づけられます。

かぐや姫の美しさは評判をよび、求婚者がたくさんあらわれました。なかでも、とくに熱心な五人の貴公子に、かぐや姫は結婚の条件として難題を出します。それは「蓬莱の玉の枝」や「龍の首の玉」などを手に入れるというものですが、貴公子たちはみんな失敗してしまいます。かぐや姫のうわさは帝（天皇）のところまでとどきました。帝も結婚を申しこみますが、かぐや姫にことわられてしまいます。

やがて、かぐや姫は、おじいさんとおばあさんに、自分が月の都からきたこと、つぎの八月十五夜には月へ帰らなくてはならないことをつげます。かぐや姫が月へ帰る夜、帝は武士たちに家を守らせました。しかし、月から使者がおりてくると、武士たちは体の力がぬけて戦うことができません。かぐや姫は、おじいさんとおばあさんにわかれをつげ、天に帰っていきました。

かぐや姫のもとに月から使者がやってきた。「竹取物語絵巻 下巻」（立教大学図書館所蔵）。

かぐや姫の誕生

『竹取物語』の書き出しの部分です。竹をとって生活していたおじいさんが、ある日、光っている不思議な竹を発見し、そのなかに、九センチほどの女の子を見つけます。おじいさんは、女の子をそのままつれて帰り、おばあさんに育てさせました。

今は昔、竹取の翁といふものありけり。野山にまじりて竹を取りつつ、よろづのことに使ひけり。名をば、さぬきのみやつことなむいひける。

その竹の中に、もと光る竹なむ一筋ありける。あやしがりて、寄りて見るに、筒の中光りたり。それを見れば、三寸ばかりなる人、いとうつくしうてゐたり。

意味

今となっては昔のことだが、竹取の翁とよばれる人がいた。野山にわけいって竹をとっては、いろいろなものをつくってくらしていた。(翁の)名は「さぬきのみやつこ」といった。

(ある日のこと)その竹のなかに根もとの光る竹が一本あった。不思議に思って近づいて見ると、筒のなかが光っている。それを見ると、三寸(約九センチ)ほどの大きさの人が、とてもかわいらしいようすですわっていた。

ことば

翁……年をとった男の人。おじいさん。
よろづ……いろいろ。さまざま。
三寸……約九センチ。
いと……とても。非常に。
うつくしうて……かわいらしいようすで。

蓬莱の玉の枝

かぐや姫から、くらもちの皇子に出された難題は、東の海にある伝説の山、蓬莱山から玉の枝をとってくることでした。皇子は、職人たちを集めて三年をかけ、にせの蓬莱の玉の枝をつくりました。そして、船旅から帰ったふうをよそおい、おじいさんの家をおとずれて、うその冒険談をかぐや姫に語りはじめたのです。

「船の行くにまかせて、海に漂ひて、五百日といふ辰の時ばかりに、海の中に、はつかに山見ゆ。船のかぢをなむ迫めて見る。海の上に漂へる山、いと大きにてあり。その山のさま、高くうるはし。

これやわが求むる山ならむと思ひて、さすがに恐ろしくおぼえて、山のめぐりをさしめぐらして、二、三日ばかり、見ありくに、天人のよそほひしたる女、山の中よりいで来て、銀の金鋺を持ちて、水をくみありく。

これを見て、船より下りて『この山の名を何とか申す。』と問ふ。女、答へていはく、『これは、蓬莱の山なり。』と答ふ。これを聞くに、うれしきことかぎりなし。

意味

「船がすすむのにまかせて、海にただよって、五百日目という日の午前八時ごろに、海の上に、かすかに山が見えます。船のかじを操作して、それを見ました。海の上をただよっている山は、とても大きいものでした。その山のようすは、高くて立派なものでした。

これこそ、わたしがさがし求めている山だろうと思って、（うれしい反面）やはり恐ろしく思われて、山の周囲を（船で）こぎめぐらせて、二、三日ばかり見てまわっていると、天人の服装をした女の人が山のなかから出てきて、銀のおわんを持って水をくんで歩いています。

これを見て、（わたしは）船からおりて、『この山の名を何といいますか。』とたずねました。

その女の人は、こたえて、『これは、蓬莱の山です。』と言いました。これを聞いて、うれしくてたまりませんでした。

〈中略〉

その山、見るに、さらに登るべきやうなし。その山のそばひらをめぐれば、世の中になき花の木ども立てり。金・銀・瑠璃色の水、山より流れいでたり。それには、色々の玉の橋渡せり。そのあたりに、照り輝く木ども立てり。

その中に、この取りて持ちてまうで来たりしは、いとわろかりしかども、のたまひしに違はましかばと、この花を折りてまうで来たるなり。」

蓬莱の玉の枝を見るかぐや姫（左上）。右下の男性がくらもちの皇子。「竹取物語絵巻 上巻」（立教大学図書館所蔵）。

職人たち（左下の４人）が、蓬莱の玉の枝をつくった褒美を要求する手紙をさしだしたため、くらもちの皇子のうそがばれる場面。「竹取物語絵巻 上巻」（立教大学図書館所蔵）。

〈中略〉

その山は、見ると、（険しくて）まったくのぼれそうもありません。その山の斜面のすそをまわっていると、この世にはない花の木々が立っています。金、銀、瑠璃色の水が山から流れ出ています。その水の流れには、さまざまな色の玉でできた橋がわたしてあります。そのあたりには、光りかがやく木々が立っています。

そのなかで、ここにとってまいりましたのは、たいそう見おとりするものでしたが、（かぐや姫が）おっしゃっていたものとちがっていたら（よくないだろう）と思い、この花を折ってまいったのです。」

ことば

蓬莱の玉の枝……仙人が住むといわれる蓬莱山にある美しい木の枝。金の茎、銀の根、白玉の実を持つという。
はつかに……かすかに。わずかに。ほのかに。
天人……天に住むと考えられている想像上の人のこと。
金鋺……金属のおわん。
瑠璃色……紫がかった紺色。

天の羽衣

五人の貴公子が求婚に失敗したあと、かぐや姫は月を見て悲しむようになりました。じつは、かぐや姫は月の都の人で、いずれ月に帰らなければならなかったのです。八月十五夜、かぐや姫をむかえに、月から天人たちがおりてきました。つぎの場面は、むかえにきた天人とかぐや姫のやりとりです。

天人の中に、持たせたる箱あり。天の羽衣入れり。またあるは、不死の薬入れり。一人の天人言ふ、

「壺なる御薬奉れ。きたなき所の物きこしめしたれば、御心地あしからむものぞ。」

とて、持て寄りたれば、いささかなめたまひて、少し、形見とて、脱ぎおく衣に包まむとすれば、ある天人包ませず。御衣を取り出でて、着せむとす。

そのときに、かぐや姫、

「しばし待て。」

と言ふ。

意味

天人のなか（の一人）に持たせている箱がある。（その箱のなかには）天の羽衣が入っている。また、別の（箱）には、不死の薬が入っている。一人の天人が（かぐや姫に）言う、

「壺に入っているお薬をお飲みください。けがれたところのものをめしあがられたので、ご気分がわるいことでしょう。」

と言って、（壺を）持って（近くに）よったところ、（かぐや姫は）ほんの少しそれをなめて、（薬を）少し形見として、ぬいでおく着物につつもうとすると、（そこにいる）天人がつつませない。天の羽衣をとりだして、（かぐや姫に）着せようとする。

そのときに、かぐや姫は、

「少し待って。」

と言う。

「衣着せつる人は、心異になるなりといふ。もの一言、言ひおくべきことありけり。」

と言ひて、文書く。天人、

「遅し。」

と、心もとながりたまふ。

かぐや姫、

「もの知らぬこと、なのたまひそ。」

とて、いみじく静かに、朝廷に御文奉りたまふ。あわてぬさまなり。


屋根の上にのぼって、かぐや姫（左上）を警護する兵士たち。このあと、月から天人がおりてくると、力がぬけたようになり、戦うことができなくなってしまう。「竹取物語絵巻 下巻」（立教大学図書館所蔵）。

羽衣の伝承は『竹取物語』のほかにも、各地に言い伝えが残っている。写真は三保松原（静岡市）。羽衣を着た天女が舞い降りたという羽衣伝説が残る。


「（天人が）天の羽衣を着せた人は、心が（地上の人とは）かわってしまうといいます。ひとこと言っておかなければならないことがありました。」

と言って、手紙を書く。天人は、

「おそい。」

と、じれったそうになさっている。

かぐや姫は、

「ものをわきまえないことを、おっしゃらないでください。」

と言って、たいそう物静かに、帝にお手紙を書き申しあげなさる。あわてないで落ち着いたようすである。

ことば

天の羽衣……天人が天にのぼるために必要とされる衣。

きたなき所……けがれたところ。ここでは、天人から見た地上のこと。

きこしめし……おめしあがりになり。

心もとながり……じれったく思い。待ち遠しく思い。

いみじく……非常に。とても。たいそう。

富士の煙

かぐや姫が月へ帰ったあと、帝のもとには不死の薬の入った壺と、かぐや姫の手紙が残されました。しかし、帝には、かぐや姫のいないこの世で、不死を願う気持ちはなく、天にもっとも近い山で薬を燃やすことを命じます。

かの奉る不死の薬壺に文具して御使ひに賜はす。勅使には、つきのいはかさといふ人を召して、駿河の国にあなる山の頂に持てつくべきよし、仰せたまふ。峰にてすべきやう教へさせたまふ。御文、不死の薬の壺並べて、火をつけて燃やすべきよし仰せたまふ。そのよしうけたまはりて、士どもあまた具して山へ登りけるよりなむ、その山を「ふじの山」とは名づけける。

その煙、いまだ雲の中へ立ち上るとぞ、言ひ伝へたる。

意味

（帝は、かぐや姫がさしあげた）あの不死の薬壺に、手紙をそえて、使いの者にわたされた。勅使には、「つきのいわかさ」という人を任命され、駿河の国にあるという山の頂上に持っていくようご命令になる。（そして）山頂ですべきことをお教えになる。

お手紙と不死の薬の壺をならべて、火をつけて燃やすようにとご命令になる。

その旨をうけたまわって、（勅使が）兵士らをたくさんつれて山にのぼったことから、その山を（「士に富む山」、つまり）「ふじの山」と名づけたのである。

その煙は、今も雲のなかへ立ちのぼっていると言い伝えている。

ことば

具して……いっしょに。つれて。
勅使……天皇の命令を伝える使者。
駿河の国……今の静岡県中部。
あまた……たくさん。多数。
ふじの山……富士山。

枕草子

『枕草子』は、清少納言によって書かれた随筆です。作品が成立したのは平安時代中期とされています。清少納言が宮廷につかえていたときに見聞きしたことを中心に、四季や自然の情趣、宮廷の生活や行事などが、するどい観察眼でえがかれています。

京都御所清涼殿（京都市）。清少納言が定子につかえていたころにつとめたところで、『枕草子』にも登場している。現在の建物は江戸時代に再建されたもの。

『枕草子』の世界

『枕草子』は、一条天皇の妃である中宮定子（藤原定子）につかえていた清少納言が、当時の回想をまじえながら書いています。内容は大きくつぎの三つにわけられます。

①似たものを連想でならべた話。「うつくしきもの」のように、かわいいもの、趣深いものをつぎつぎにあげて述べていく章段です。②身のまわりのことや季節、自然について、作者の感想をまじえて書いた話。「春はあけぼの」などがこれにあたります。③宮廷でおこったできごとなどを日記のように書いた話。これは全体の半分ほどをしめています。宮廷の年中行事や、宮廷生活での機知に富んだやりとりなどが記されています。「雪のいと高う降りたるを」などがこれにあたります。

清少納言は、紫式部とならび平安時代を代表する女流文学者ですが、どのような人生を送ったのかはよくわかっていません。清少納言という名前も、定子につかえていたときの女房名（女官名）であって、本名ではありません。「清」は清原という姓からつけられ、「少納言」については、一族のだれかの役職名によるものと考えられます。

清少納言　生没年不詳。平安時代中期を代表する女流文学者。和歌の名門の家系に生まれ、『枕草子』をあらわす。父は、清原元輔。「百人一首かるた 清少納言」（小倉百人一首殿堂 時雨殿所蔵）。

春はあけぼの（第一段）

『枕草子』の冒頭部分です。四季ごとに趣深いと思うものをそれぞれ紹介しています。

春はあけぼの。やうやう白くなりゆく山ぎは、すこしあかりて、紫だちたる雲のほそくたなびきたる。

夏は夜。月のころはさらなり、闇もなほ、蛍の多く飛びちがひたる。また、ただ一つ二つなど、ほのかにうち光りて行くもをかし。雨など降るもをかし。

秋は夕暮れ。夕日のさして山の端いと近うなりたるに、烏の寝どころへ行くとて、三つ四つ、二つ三つなど、飛びいそぐさへあはれなり。まいて雁などのつらねたるが、いと小さく見ゆるはいとをかし。日入り果てて、風の音、虫の音など、はた言ふべきにあらず。

冬はつとめて。雪の降りたるは言ふべきにもあらず、霜のいと白きも、またさらでもいと寒きに、火などいそぎおこして、炭もて渡るもいとつきづきし。昼になりて、ぬるくゆるびもていけば、火桶の火も白き灰がちになりてわろし。

ことば

あけぼの……明け方。

やうやう……だんだん。

山ぎは……山に接しているあたりの空のこと。

紫……当時の紫は、今よりも少し赤みをおびていた。

をかし……趣がある。風情がある。おもしろい。興味深いと思う、明るく楽しい気持ちをあらわす言葉。

山の端……空に接しているあたりの山のこと。

いと……とても。非常に。

あはれなり……しみじみと心ひかれる。

つとめて……早朝。

つきづきし……ふさわしい。似つかわしい。

火桶……木製の丸い火鉢。炭火を入れて暖をとる。

わろし……よくない。好ましくない。

春はあけぼの。やうやう白くなりゆく山ぎは……。

秋は夕暮れ。夕日のさして山の端いと近う……。

夏は夜。……蛍の多く飛びちがひたる。

冬はつとめて。雪の降りたるは言ふべきにもあらず……。

意味

春は明け方。だんだん白くなっていく山ぎわの空が少し明るくなって、紫がかった雲が細くたなびいている（のがよい）。

夏は夜。月のころはいうまでもないが、闇もやはり、蛍が多く飛びかっている（のがよい）。また、ほんの一、二ひきがほのかに光って飛んでいくのも趣がある。雨などがふるのも風情があってよい。

秋は夕暮れ。夕日がさして、山の端にとても近くなったころに、烏がねぐらへ帰るというので、三、四羽、二、三羽などがいそいで飛んでいくすがたさえ、しみじみと感じられる。まして、雁などが列をつくっているのがとても小さく見えるのは、たいへん風情がある。日がすっかりしずんで、風の音、虫の音など（が聞こえるのは）、またいうまでもない（ほど趣がある）。

冬は早朝。雪がふっているのはいうまでもないが、霜が真っ白なのも、またそうでなくても、とても寒いときに火などをいそいでおこして、炭を持って（廊下などを）わたっていくのも、たいそう（冬の早朝に）ふさわしい。昼になって（寒さが）だんだんゆるんでいくと、火桶の火が白い灰ばかりになって、好ましくない。

九月ばかり（第百二十五段）

旧暦の九月ごろについて、作者がおもしろいと思うものを述べています。

九月ばかり、夜一夜降り明しつる雨の、今朝はやみて、朝日いとけざやかにさし出でたるに、前栽の露はこぼるばかりぬれかかりたるも、いとをかし。透垣の羅文、軒の上などは、かいたる蜘蛛の巣のこぼれ残りたるに、雨のかかりたるが、白き玉を貫きたるやうなるこそ、いみじうあはれにをかしけれ。

少し日たけぬれば、萩などの、いと重げなるに、露の落つるに、枝うち動きて、人も手触れぬに、ふと上ざまへ上がりたるも、いみじうをかし。と言ひたることどもの、人の心には、つゆをかしからじと思ふこそ、またをかしけれ。

蜘蛛の巣にかかった雨。

意味

（旧暦の）九月のころ、一晩中ふりつづいた雨が、今朝はやんで、朝日がとてもあざやかにさしはじめたときに、庭の植えこみの草木の露がこぼれるほどぬれかかっているのも、たいへん風情がある。透垣の羅文、軒の上などにはられた蜘蛛の巣がやぶれ残っているところに、雨がかかって白い玉をつらぬいたようになったのは、とてもしみじみとした感じがして趣がある。

少し日が高くなると、萩などは、とても重そうだったのに、露が落ちると、枝が動いて、人の手も触れていないのに、ふっと上にはねあがったのもおもしろいと、（わたしが）言っているいろいろなことが、ほかの人の心には、少しもおもしろく感じられないだろうと思うと、それがまたおもしろい。

ことば

九月……旧暦の九月。今の十一月ごろ。
けざやかに……はっきりして。
前栽……庭に植えた草木。庭の植えこみ。
透垣……竹などで間をすかして編んだ垣根。
羅文……垣根の上部などにある飾り。らもん。

うつくしきもの（第百四十五段）

作者が思うかわいらしいものを、たくさん連想して紹介しています。

うつくしきもの。瓜に描きたるちごの顔。雀の子のねず鳴きするに踊り来る。二つ三つばかりなるちごの、急ぎて這ひ来る道に、いと小さき塵のありけるを、目ざとに見つけて、いとをかしげなる指にとらへて、大人ごとに見せたる、いとうつくし。頭は尼そぎなるちごの、目に髪のおほへるを、かきはやらで、うち傾きて物など見たるも、うつくし。

真桑瓜

雀

意味

かわいらしいもの。瓜にかいてある幼児の顔。雀の子が、人がチュッチュッと言うと、おどるようにやってくるようす。二、三歳くらいの幼児が、いそいではってくるとちゅうに、とても小さなごみがあるのを目ざとく見つけて、たいそう愛らしい指でつまんで、大人たちに見せているようすは、とてもかわいい。髪を尼そぎにしている幼児が、目に髪がかぶさっているのをかきはらわずに、顔をかしげて物を見ているのもかわいらしい。

ことば

うつくし……かわいらしい。おもに小さいもの、おさない感じのするものに対して、かわいい、いとおしいと思う気持ちをあらわす。

瓜……真桑瓜や姫瓜など。

ちご……幼児。おさない子ども。

ねず鳴き……チュッチュッとねずみの鳴き声をまねすること。

尼そぎ……髪を肩のあたりで切りそろえた髪形。おかっぱ。当時の尼（女性の出家者）は、そのような髪形をしていた。

雲は、白き（第二百三十七段）

雲のさまざまな色やかたちについて、思うところを述べています。

雲は、白き。紫。黒きもをかし。風吹くをりの雨雲。明けはなるるほどの黒き雲の、やうやう消えて、しろうなり行くも、いとをかし。「朝にさる色」とかや、文にも作りたなる。月のいと明かき面に薄き雲、あはれなり。

意味

雲は、白いの。紫の雲。黒い雲もおもしろい。風がふくときの雨雲もよい。夜が明けきるころの黒い雲が、だんだん消えて白くなっていくようすも、たいへん風情がある。「朝に去る色」とか、漢詩にも書かれているようだ。月のとても明るい面にうすい雲がかかるのも、しみじみと心ひかれる。

ことば

明けはなる……夜がすっかり明ける。明けきる。
文……ここでは漢詩のこと。中国の詩人、白居易の漢詩をさしているといわれる。

黒きもをかし。

月のいと明かき面に薄き雲、あはれなり。

雲は、白き。

雪のいと高う降りたるを（第二百八十段）

宮中での清少納言と中宮定子のやりとりが紹介されています。

雪のいと高う降りたるを、例ならず御格子まゐりて、炭櫃に火おこして、物語などして集まりさぶらふに、「少納言よ。香炉峰の雪いかならむ。」と仰せらるれば、御格子上げさせて、御簾を高く上げたれば、笑はせたまふ。

人々も、「さる事は知り、歌などにさへうたへど、思ひこそよらざりつれ。なほこの宮の人にはさべきなめり。」と言ふ。

中国の江西省にある名山、廬山。香炉峰は、この山にある北の峰をさすといわれている。

意味

雪がたいへん高くふりつもっているのに、いつもとちがって蔀をおさげしたままで、炭櫃に火をおこして、（わたしたち女房が）話などして集まっておりますと、（定子様が）「少納言よ。香炉峰の雪はどんなふうでしょう。」とおっしゃるので、人に蔀をあげさせて、御簾を高くまきあげると、（定子様は）お笑いになる。

ほかの女房たちも、「そういうことは知っていて、歌などにまでよむけれど、思いつきませんでした。やはり、この中宮様につかえる人としては、そうあるべきなのでしょう。」と言う。

ことば

格子……蔀のこと。上半分のみつりあげてあける戸。

香炉峰……中国の江西省にある山の峰。

御簾……すだれをていねいにいう言葉。

さる事……そういうこと。ここでは、中国の詩人、白居易の漢詩に「香炉峰の雪はすだれをかかげてみる」とあること。清少納言は、定子のなぞかけに、この詩をふまえて、御簾をあげる動作でこたえた。

宮……中宮。藤原定子のこと。

平家物語

『平家物語』は、実際にあった合戦や戦乱を題材とした物語「軍記物語」のひとつです。一般に、全十二巻で構成され、平清盛を中心とする平家一門がさかえ、やがて滅亡するまでが中心的にえがかれています。成立は鎌倉時代前期と考えられています。作者はわかっていません。

日本三景のひとつ、宮島の厳島神社（広島県廿日市市）。平清盛が厚く信仰していたことでも知られる。

『平家物語』の世界

『平家物語』は、今では書物などをとおして広く読まれていますが、物語が成立した鎌倉時代には、琵琶法師（琵琶をひくおもに盲目の僧）が琵琶をひきながら『平家物語』を語ることもおこなわれていました。この物語には、戦乱の時代を生きた武士の気質、当時の社会のありようがいきいきとえがかれています。

『平家物語』には、中心となって活躍する三人の人物が登場します。

一人目は、平清盛。平安時代末期に活躍した人物です。清盛は武士の身分から出世して、従一位太政大臣という高い地位までのぼりつめ、平家繁栄のいしずえを築きあげました。しかし、栄華をきわめた平家は、おごったふるまいがもとで、しだいに周囲から反感を買うようになります。

二人目は、源氏の武将、木曽義仲。義仲は兵をあげ、倶梨迦羅峠（倶利伽羅峠）の戦いなどで平家に勝利したあと、平家一門を京の都から追いだします。その義仲も源義経らによって討たれてしまいます。

三人目は、源義経。源氏の頭領である源頼朝の弟です。平家は、義経ひきいる源氏の軍勢につぎつぎと敗北し、ついには壇の浦の戦いにやぶれて滅亡してしまいます。

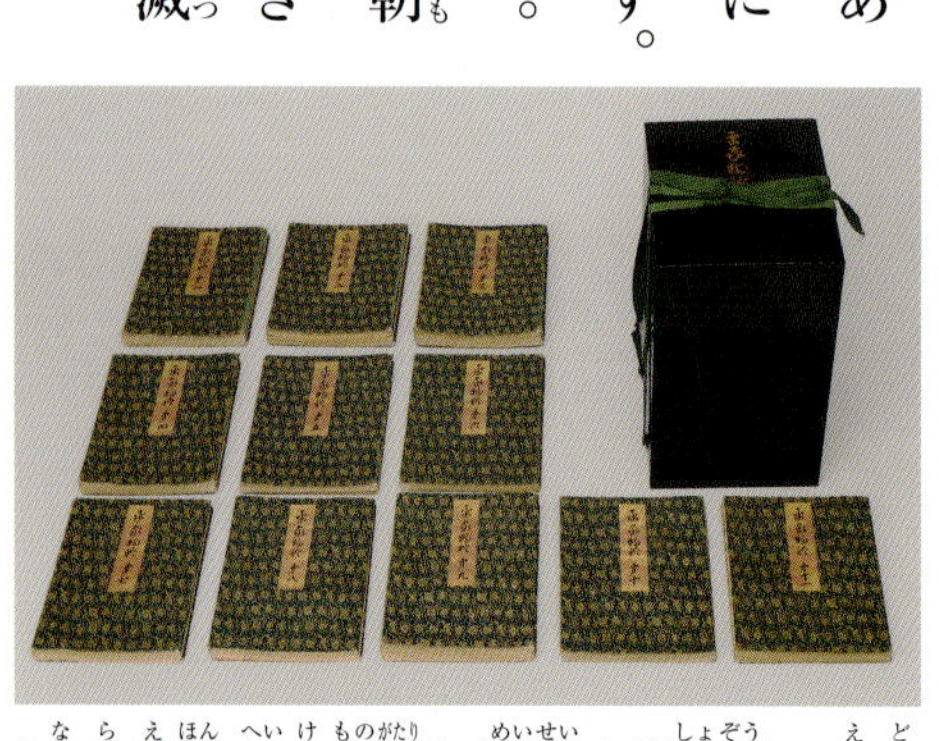

「奈良絵本 平家物語」（明星大学所蔵）。江戸時代前期につくられたもの。

祇園精舎

『平家物語』の冒頭部分です。やわらかい仮名の文体と、力強い漢文訓読調の文体があわさった、リズムのよい文章が特徴です。『平家物語』は、全編をとおして世の無常がテーマとなっています。無常とは、仏教の考えかたのひとつで、世のなかにあるもので変化しないものは何もないということを意味しています。

祇園精舎の鐘の声、
諸行無常の響きあり。
沙羅双樹の花の色、
盛者必衰の理をあらはす。
おごれる人も久しからず、
ただ春の夜の夢のごとし。
たけき者もつひには滅びぬ、
ひとへに風の前の塵に同じ。

ことば

祇園精舎……釈迦のために建立された古代インドの寺。

諸行無常……この世のあらゆるものごとは、変化してとどまらないということ。

沙羅双樹……釈迦が病床にあるとき、床の四方に二本ずつはえていた沙羅樹（インド原産の常緑高木）。釈迦が亡くなったとき、たがいに結ばれて一本となり、枯れて白くなったという。

意味

祇園精舎の鐘の音は、すべてのものごとはうつりかわるという「諸行無常」の句をひびかせる。

沙羅双樹の花の色は、いきおいのさかんな者もいつかはかならずおとろえるという道理をあらわしている。

おごりたかぶっている人も長くつづくことはなく、まるで（短くはかない）春の夜の夢のようだ。

勇猛な者も最後には滅びるのは、まったく（かんたんにふきとんでしまう）風の前の塵とおなじだ。

琵琶。鎌倉時代、琵琶法師が琵琶をひきながら『平家物語』を語って歩いた。

敦盛の最期

源平の戦いの終盤におこなわれた、一の谷の戦いの一場面です。源氏の武将、熊谷次郎直実は、沖の舟をめざして逃げる平家の武者にもどるようによびかけます。つぎの文章は、武者が岸へもどってきたところです。

汀にうち上がらんとするところに、おし並べてむずと組んでどうど落ち、とッておさへて首をかかんと甲をおしあふのけて見ければ、年十六七ばかりなるが、薄化粧して、かねぐろなり。わが子の小次郎がよはひほどにて、容顔まことに美麗なりければ、いづくに刀を立つべしともおぼえず。

「そもそもいかなる人にてましまし候ふぞ。名のらせたまへ。助けまゐらせん。」

と申せば、

「なんぢはたそ。」

と問ひたまふ。

「物そのもので候はねども、武蔵の国の住人、熊谷次郎直実。」

と名のり申す。

意味

（武者が）波打ちぎわにあがろうとするところに、（熊谷は馬を）ならべてむずと組んでどしんと落ち、とりおさえて首をとろうと、かぶとをあおむけにして（顔を）見ると、年が十六、七くらいの（若武者）が薄化粧をして、お歯黒をつけている。わが子の小次郎の年くらいで、顔立ちがじつに美しかったので、どこに刀を刺したらよいのかもわからない。

「いったいどういう（身分の）人でいらっしゃいますか。お名のりください。お助けしましょう。」

と申しあげると、

「おまえはだれだ。」

とおたずねになる。

「名のるほどの者ではありませんが、武蔵の国の住人、熊谷次郎直実。」

と名のり申しあげる。

「さては、なんぢにあうては名のるまじいぞ。なんぢがためにはよい敵ぞ。名のらずとも首をとッて人に問へ。見知らうずるぞ。」とぞのたまひける。

熊谷、「あッぱれ、大将軍や。この人一人討ちたてまッたりとも、負くべきいくさに勝つべきやうもなし。また討ちたてまつらずとも、勝つべきいくさに負くることもよもあらじ。小次郎が薄手負うたるをだに、直実は心苦しうこそ思ふに、この殿の父、討たれぬと聞いて、いかばかりか嘆きたまはんずらん。あはれ助けたてまつらばや。」と思ひて、後ろをきッと見ければ、土肥、梶原五十騎ばかりで続いたり。熊谷涙をおさへて申しけるは、

熊谷次郎直実（右）が扇をひろげて、平家の武者、平敦盛をまねいている場面。「奈良絵本 平家物語」（明星大学所蔵）。

「それでは、おまえに対しては名のる必要もないだろう。おまえのためにはよい敵だ。名のらなくても首をとって人にたずねてみよ。（わたしを）見知っているだろうよ。」とおっしゃった。

熊谷は、「ああ立派な大将軍だ。この人ひとりをお討ち申したとしても、（平家が）負けるはずの戦に勝てるわけでもない。また、お討ち申さなくても、（源氏が）勝つはずの戦に負けることもまさかあるまい。（わが子の）小次郎が軽い傷を負ったのさえ、（父であるわたし）直実はつらく思うのに、この殿の父は、（わが子が）討たれたと聞いて、どれほどお嘆きになることだろう。ああ、お助け申したい。」と思って、うしろのほうをさっと見ると、土肥、梶原が五十騎ほどでつづいてやってくる。熊谷が涙をおさえて申しあげることには、

ことば

かねぐろ……お歯黒をぬって、歯を黒くそめていること。

武蔵の国……今の東京都、埼玉県の大部分と、神奈川県の一部。

土肥、梶原……ともに源氏の武将。

「助けまゐらせんとは存じ候へども、御方の軍兵、雲霞のごとく候ふ。よものがれさせたまはじ。人手にかけまゐらせんより、同じくは、直実が手にかけまゐらせて、後の御孝養をこそつかまつり候はめ。」

と申しければ、

「ただとくとく首をとれ。」

とぞのたまひける。熊谷あまりにいとほしくて、いづくに刀を立つべしともおぼえず、目もくれ心も消えはてて、前後不覚におぼえけれども、さてしもあるべきことならねば、泣く泣く首をぞかいてンげる。

「あはれ、弓矢とる身ほど口惜しかりけるものはなし。武芸の家に生まれずは、何とてかかる憂きめをばみるべき。情けなうも討ちたてまつるものかな。」

一の谷の戦いで源義経の軍勢にやぶれた平家は、海上へとのがれていった。平敦盛の悲劇はこのときのできごと。のちに平家は、屋島（香川県高松市）に拠点をかまえる。「奈良絵本 平家物語」（明星大学所蔵）。

意味

「お助け申そうとは存じますが、味方の源氏の軍勢が雲や霞のようにたくさん集まっています。とうていお逃げにはなれないでしょう。ほかの者の手におかけするよりも、おなじことならば、（この）直実が手におかけして、死後のご供養をいたしましょう。」

と申したところ、

「とにかく、早く早く首をとれ。」

とおっしゃった。熊谷はあまりにかわいそうで、どこに刀をつき刺したらよいかもわからず、目もくらみ、分別もうしなって、前後もわからないように思われたが、そうしてばかりもいられないので、泣く泣く首を切ったのだった。

「ああ、弓矢をとる身ほど残念なものはない。武芸の家に生まれていなければ、どうしてこのようなつらいめをみることがあろうか。非情にもお討ちしたものよ。」

とかきくどき、袖を顔に押しあててさめざめと泣きゐたる。やや久しうあって、さてもあるべきならねば、鎧直垂をとッて、首を包まんとしけるに、錦の袋に入れたる笛をぞ、腰にさされたる。「あないとほし、この暁、城の内にて管絃したまひつるは、この人々にておはしけり。当時御方に、東国の勢何万騎かあるらめども、いくさの陣へ笛持つ人はよもあらじ。上臈は、なほもやさしかりけり。」とて、九郎御曹司の見参に入れたりければ、これを見る人、涙を流さずといふことなし。

後に聞けば、修理大夫経盛の子息に大夫敦盛とて、生年十七にぞなられける。それよりしてこそ熊谷が発心の思ひはすすみけれ。

ことば

雲霞のごとく……人がむらがるように。
とくとく……早く早く。大いそぎで。
かきくどき……説得のため、くどくど言って。
鎧直垂……よろいの下に着ている衣服。
上臈……身分の高い人。
九郎御曹司……源氏の総大将、源義経のこと。九郎は義経の別名。
修理大夫……修理は、天皇の住む内裏の修理などを担当する役職。大夫は長官のこと。
経盛……平経盛。平清盛の弟。
発心……仏門に入りたいと思う気持ち。

と、くどくどと言って、袖を顔におしあててさめざめと泣いていた。やや長い時間がたって、そうしてばかりもいられないので、鎧直垂をとって首をつつもうとしたところ、錦の袋に入れた笛を（若武者は）腰におさしになっていた。

「ああ、かわいそうに。きょうの明け方、城のなかで楽器を演奏していらっしゃったのは、この人たちでいらしたのだ。今、味方には東国の武士が何万騎もいるだろうが、戦の場へ笛を持ってくる人はまさかいるまい。身分の高い人はやはり優雅であるなあ。」

と思って、（笛を）九郎御曹司（源義経）のお目にかけたところ、これを見た人は、みな涙を流した。

あとで聞くと、修理大夫経盛の子で、大夫敦盛といって、年は十七になっていらっしゃった。（まさに）そのときから、熊谷の出家（家を出て仏門に入ること）したいという思いは強くなったのだった。

那須与一〈扇の的〉

一の谷の戦いのあとにおこなわれた屋島の戦いの一場面です。舟に乗って沖へのがれた平家と、陸にいる源氏がにらみあっていました。そこへ扇をかかげた平家の小舟が一そうあらわれ、源氏を挑発します。源氏の総大将、源義経は、若い弓の名手、那須与一に扇の的を射ぬくように命じました。

　ころは二月十八日の酉の刻ばかりのことなるに、をりふし北風激しくて、磯打つ波も高かりけり。舟は、揺り上げ揺りすゑ漂へば、扇もくしに定まらずひらめいたり。沖には平家、舟を一面に並べて見物す。陸には源氏、くつばみを並べてこれを見る。いづれもいづれも晴れならずといふことぞなき。与一目をふさいで、

「南無八幡大菩薩、我が国の神明、日光の権現、宇都宮、那須の湯泉大明神、願はくは、あの扇の真ン中射させてたばせたまへ。これを射損ずるものならば、弓切り折り自害して、人に二度面を向かふべからず。いま一度本国へ迎へんとおぼしめさば、この矢はづさせたまふな。」

と心のうちに祈念して、目を見開いたれば、風も少し吹き弱り、扇も射よげにぞなッたりける。

意味

　時は二月十八日、午後六時ごろのことだったが、そのときはちょうど北風がはげしくて、磯を打つ波も高かった。舟は上へ下へとゆれてただよっているので、扇もさおに安定せずにひらめいている。沖には平家が、舟を海上一面にならべて見物している。陸では源氏が馬のくつわをつらねてこれを見ている。どちらを見ても、晴れがましい情景である。与一は目をとじて、

「南無八幡大菩薩、わたしの故郷の神々である、日光の権現、宇都宮大明神、那須の湯泉大明神よ、どうぞ、あの扇の真ん中を射させてください。これを射そこなうものならば、弓を折り、自害して、人に二度と顔をあわせるつもりはありません。いま一度、故郷へむかえてやろうとお思いになるなら、この矢をはずさせないでください。」

と心のなかで祈りながら、目を見ひらいたところ、風も少しおさまり、扇も射やすそうになっていた。

与一、かぶらを取ッてつがひ、よッぴいてひやうど放つ。小兵といふぢやう、十二束三伏、弓は強し、浦響くほど長鳴りして、あやまたず扇の要ぎは一寸ばかりおいて、ひィふつとぞ射切ッたる。かぶらは海へ入りければ、扇は空へぞ上がりける。しばしは虚空にひらめきけるが、春風に一もみ二もみもまれて、海へさッとぞ散ッたりける。夕日のかかやいたるに、みな紅の扇の日出だしたるが、白波の上に漂ひ、浮きぬ沈みぬ揺られければ、沖には平家、ふなばたをたたいて感じたり、陸には源氏、えびらをたたいてどよめきけり。

陸と海でにらみあう源氏と平家の武士たち。「奈良絵本 平家物語」（明星大学所蔵）。

扇の的を射きった那須与一（中央）。「奈良絵本 平家物語」（明星大学所蔵）。

与一は、かぶら矢をとって（弓に）つがえ、十分にひきしぼってひょうとはなった。体は小さいので、（矢の長さは）十二束三伏、（しかし）弓は強い、かぶら矢は浦一帯に鳴りひびくほど長いうなりを立てて、あやまりなく扇の要（扇の骨をとめている部分）から一寸ほどはなれたところを、ひいふっと射きった。かぶら矢は（飛んで）海へ落ち、扇は空へと舞いあがった。しばらくは空に舞っていたが、春風に一もみ二もみもまれて、海へさっと散り落ちた。夕日がかがやくなか、真っ赤な地に金の日輪をかいた扇が白波の上にただよって、ういたりしずんだりしてゆれているのを、沖では平家が舟端をたたいて感嘆し、陸では源氏がえびらをたたいてはやしたてた。

ことば

くつばみ……くつわ。馬に手綱をつけるための金具で、馬の口にかませるもの。
十二束三伏……束はひと握りぶん、伏は指一本の幅の長さ。ふつうの矢の長さは十二束だが、十三束以上の矢もめずらしくない。
一寸……約三センチ。
えびら……矢を入れる武具。

弓流

那須与一が扇の的を射ぬいたあと、物語は「弓流」の場面へとつづきます。源義経が戦いの最中に、海へ落としてしまった弓についての話です。

あまりのおもしろさに、感に堪へざるにやとおぼしくて、舟のうちより、年五十ばかりなる男の、黒革をどしの鎧着て、白柄の長刀持ッたるが、扇立てたりける所に立ッて舞ひしめたり。伊勢三郎義盛、与一が後ろへ歩ませ寄ッて、

「御定ぞ、つかまつれ。」

と言ひければ、今度は中差取ッてうちくはせ、よッぴいて、しや頸の骨をひやうふつと射て、舟底へ逆さまに射倒す。平家の方には音もせず、源氏の方にはまたえびらをたたいてどよめきけり。

「あ、射たり。」

と言ふ人もあり、また、

「情けなし。」

と言ふ者もあり。

源平合戦の戦場、屋島（香川県高松市）。「扇の的」、「弓流」の場面は、屋島の戦いが舞台となっている。

意味

あまりのおもしろさに、深く感動したのだろう、舟のなかから、五十歳ほどの男で、黒革おどしの鎧を着て、白柄の長刀を持った（平家の）者が、扇の立ててあったところに立って舞をはじめた。（源氏の）伊勢三郎義盛が（那須）与一のうしろへ馬をあゆませて近より、

「ご命令だ、射よ。」

と言ったので、今度は中差をとって（弓に）つがえ、十分にひきしぼって、男の頸の骨をひょうふっと射て、舟底へ逆さまに射倒した。平家方は静まりかえって音もしない。源氏方は今度もえびらをたたいて歓声をあげた。

「ああ、よく射た。」

と言う人もいたし、また、

「心ないことを。」

と言う者もいた。

ことば

黒革をどしの鎧……黒い皮ひもで細長い板をつづった鎧。
白柄……何もぬっていない握り手の部分。
中差……先のとがった矢。

「弓流」の場面。舟に乗っている右側の武士が平家方、馬に乗っている左側の武士が源氏方。中央やや左は、海に落とした弓をひろいあげようとしている源義経。「奈良絵本 平家物語」（明星大学所蔵）。

ことば

為朝……源為義の子。五人張りの弓をもちいたとされる。

尫弱……弱々しいこと。

〈中略〉

「弓の惜しさに取らばこそ。義経が弓といはば、二人しても張り、もしは三人しても張り、叔父の為朝が弓のやうならば、わざとも落として取らすべし。尫弱たる弓を敵の取り持ッて、『これこそ源氏の大将九郎義経が弓よ。』とて、嘲弄せんずるが口惜しければ、命にかへて取るぞかし。」と、のたまへば、みな人これを感じける。

意味

〈中略部分のあらすじ〉
与一の弓によって平家の男が射倒されると、源氏は馬を海に乗り入れて平家と戦います。その戦いのさなか、義経は、はずみで弓を海に落としてしまいました。味方はひろうことをとめますが、義経は危険をかえりみずに弓をひろいあげました。その理由を、義経は家来にこう語りました。

「弓が惜しくてとろうとしたのではない。義経の弓が、二人がかり、三人がかりで張る叔父の為朝の弓のようならば、わざと落としてでも（敵に）とらせよう。張りの弱い弓を敵がひろって、『これが源氏の大将九郎義経の弓だ。』とあざけり笑うにちがいないのがくやしいので、命がけでとったのだ。」
と言われたので、すべての人がこれに感動した。

徒然草

『徒然草』は、兼好法師によって書かれた随筆です。序段をふくめると、二百四十四段からなります。成立は鎌倉時代後期といわれていますが、くわしい時期はわかっていません。この『徒然草』と清少納言の『枕草子』、鴨長明の『方丈記』は、日本の三大随筆といわれています。

『徒然草』のそれぞれの章段の文章は、それほど長くはありませんが、内容は多岐にわたっています。作者の思うことや、人から見聞きしたこと、おもしろい話、人生や自然についてのことなど、さまざまな事柄が心のおもむくままに書かれています。

作者の兼好法師の出家（家を出て仏門に入ること）する前の名前は不明です。教養が高く、若いころは、宮中につかえていたと考えられます。出家して、社会の出世競争から引退した隠者となり、歌人としての活動をつづけます。『徒然草』は、こうした隠遁生活を送るなかで書かれました。

兼好法師（1283年ごろ～1350年ごろ）
鎌倉時代後期から南北朝時代初期に活躍した人物。『徒然草』の作者で、歌人としても知られる。「兼好法師肖像画並賛」（早稲田大学図書館所蔵）。

つれづれなるままに（序段）

『徒然草』の冒頭部分です。作者が文章を書くにいたった思いを述べています。

つれづれなるままに、日暮らし、硯に向かひて、心にうつりゆくよしなし事を、そこはかとなく書きつくれば、あやしうこそものぐるほしけれ。

意味

とくにすることもないままに、一日中、硯にむかって、心につぎつぎとうかんでは消えていくたわいもないことを、とりとめもなく書きつけていると、みょうに気持ちが高ぶってくることだ。

仁和寺にある法師（第五十二段）

仁和寺にいた年老いた僧が、長年の願いだった石清水八幡宮に参拝に出かけたときの話です。

仁和寺にある法師、年寄るまで石清水を拝まざりければ、心うく覚えて、あるとき思ひたちて、ただ一人、徒歩より詣でけり。極楽寺・高良などを拝みて、かばかりと心得て帰りにけり。

さて、かたへの人にあひて、「年ごろ思ひつること、果たしはべりぬ。聞きしにも過ぎて、尊くこそおはしけれ。そも、参りたる人ごとに山へ登りしは、何事かありけん、ゆかしかりしかど、神へ参るこそ本意なれと思ひて、山までは見ず。」とぞ言ひける。

少しのことにも、先達はあらまほしきことなり。

仁和寺（京都市右京区）。

石清水八幡宮（京都府八幡市）。男山の山上にある神社。

意味

仁和寺にいた法師が、年をとるまで石清水八幡宮をおがんだことがなかったので、残念なことだと考え、あるとき思い立って、ただ一人で徒歩にてお参りした。極楽寺や高良神社などをおがんで、これだけのものだと思いこんで、（山上の八幡宮をおがまずに）帰ってしまった。

さて、仲間にむかって、「長年のあいだ、願っていたことをはたしました。（話に）聞いていたのにもまさって尊くいらっしゃいました。それにしても、参拝した人がみな山にのぼっていたのは、何があったのか、知りたかったけれども、神にお参りすることが本来の目的なのだと思って、山（の上）までは見ませんでした。」と言った。

少しのことにも、指導者がいてほしいものである。

ことば

かたへ……仲間。同輩。
ゆかし……知りたい。心がひかれる気持ちをあらわす言葉。
先達……その道の指導者。「せんだち」とも。

家の作りやうは（第五十五段）

作者が考えるよい家のつくりかたをくわしく説明した文章です。

家の作りやうは、夏をむねとすべし。冬は、いかなる所にも住まる。暑きころわろき住居は、堪へがたきことなり。

深き水は、涼しげなし。浅くて流れたる、はるかに涼し。細かなる物を見るに、遣戸は蔀の間よりも明かし。天井の高きは、冬寒く、灯暗し。造作は、用なき所を作りたる、見るもおもしろく、万の用にも立ちてよしとぞ、人の定め合ひはべりし。

庭園内を流れる「やり水」。

ことば

むねとす……主とする。

わろき住居……住むのに都合のわるい住居のこと。

深き水……深い水の流れ。邸内や庭のやり水（細い水の流れ）のことを述べている。

遣戸……左右にひいてあける引き戸。

蔀……上半分のみつりあげてあける戸。遣戸よりも入る光が少ない。

意味

家のつくりかたは、夏を中心に考えるのがよい。冬は、どんなところにでも住むことができる。暑い時期に住みにくい住居は、がまんできないものである。

（邸内や庭に水をひき入れてつくった小川のようなやり水の）水が深く流れるのは、すずしそうではない。浅く流れているほうがずっとすずしい感じがする。（書物の文字などの）こまかいものを見るときには、引き戸のある部屋のほうが、蔀のある部屋よりも明るい。（また）天井が高いのは、冬のあいだは寒く、夜は灯火が暗いものだ。建築は、とくに必要のない部分をつくっておくほうが、見た目も趣があって、いろいろなことに役立ってよいものだと、人々が話しあったことだ。

ある人、弓射ることを習ふに（第九十二段）

ある人が師匠から弓を習いました。そのときに師匠が言った言葉をとりあげて、弓の心得について説明しています。

ある人、弓射ることを習ふに、諸矢をたばさみて、的に向かふ。師の言はく、「初心の人、二つの矢を持つことなかれ。後の矢を頼みて、初めの矢になほざりの心あり。毎度、ただ、得失なく、この一矢に定まるべしと思へ。」と言ふ。

わづかに二つの矢、師の前にて一つをおろかにせんと思はんや。懈怠の心、みづから知らずといへども、師、これを知る。この戒め、万事にわたるべし。

意味

ある人が、弓を習うのに、二本の矢を手に持って的にむかった。（弓の）師匠が言うには「初心者は、二本の矢を持ってはいけない。あとの矢をあてにして、はじめの矢にいいかげんな気持ちが出るからだ。毎回、当たるかどうか考えず、この一本の矢できまるのだと思え。」と言った。

たった二本の矢なのだから、師匠の前で一本をおろそかにしようと思うだろうか。しかし、なまける心は、自分ではわからなくても、師匠はこれを見抜いているのだ。この教訓は、すべてのことにつうじているのである。

ことば

諸矢……二本一組になった矢。
なほざり……本気でなく、いいかげんなさま。
得失なく……最新の研究では、この部分を「後の矢なく」とする説もある。その説の場合、「二本目の矢はなく」という意味になる。
おろかに……おろそかに。

高名の木登り（第百九段）

高名の木登りと言ひし男、人をおきてて、高き木に登せてこずゑを切らせしに、いと危ふく見えしほどは言ふこともなくて、降るる時に軒丈ばかりになりて、「過ちすな。心して降りよ。」と言葉をかけはべりしを、「かばかりになりては、飛び降るとも降りなん。いかにかく言ふぞ。」と申しはべりしかば、「そのことに候ふ。目くるめき、枝危ふきほどは、己が恐れはべれば申さず。過ちは、やすきところになりて、必ずつかまつることに候ふ。」と言ふ。

あやしき下臈なれども、聖人の戒めにかなへり。鞠も、難きところを蹴出だして後、やすく思へば、必ず落つとはべるやらん。

「高名の木登り」の場面。「徒然草画帖」（東京国立博物館所蔵）。
Image:TNM Image Archives

意味

木登りの名人だといわれている男が、人を指図して高い木にのぼらせて梢を切らせたとき、とても危なく見えたあいだは何も言わなくて、おりるときに軒の高さほどになったところで、「けがをするな。注意しておりろ。」と言葉をかけたので、（わたしが）「これくらい（の高さ）になれば、飛びおりたとしてもおりられよう。どうしてこのように言うのか。」と申しましたところ、「そのことでございます。（高くて）目がくらみ、枝が（折れそうで）危ないあいだは、のぼっている者自身がおそれていますから申しません。けがは、やさしいところになってから、かならずするものでございます。」と言う。

いやしい身分の低い者だけれど、（その言葉は）聖人の教えにもあっている。（蹴鞠の）鞠も、むずかしいのをうまくけったあとで安心すると、必ず鞠を落とすとのことだ。

友とするに悪き者（第百十七段）

友とするに悪き者、七つあり。一つには、高く、やんごとなき人。二つには、若き人。三つには、病なく、身強き人。四つには、酒を好む人。五つには、たけく、勇める兵。六つには、虚言する人。七つには、欲深き人。

よき友、三つあり。一つには、物くるる友。二つには医師。三つには、智恵ある友。

江戸時代の本にえがかれた「友とするに悪き者」の場面。「絵本 徒然草」（国立国会図書館所蔵）。

高倉院の法華堂の三昧僧（賢げなる人も）（第百三十四段）

賢げなる人も、人の上をのみはかりて、おのれをば知らざるなり。我を知らずして外を知るといふ理あるべからず。されば、おのれを知るを、物知れる人といふべし。

意味

友とするのによくない者は七つある。第一には、身分が高く尊い人。第二には、若い人。第三には、病気がなく体が強い人。第四には、酒好きな人。第五には、勇猛な武士。第六には、うそをつく人。第七には、欲の深い人。（これに対して）よい友は三つある。第一には、物をくれる友。第二には医者。第三には、智恵のある友。

意味

かしこそうな人も、他人のことばかりあれこれ推測して、自分のことは知らないものである。自分を知らないで、ほかのことを知るという道理はあるものではない。したがって、自分をよく知っている人を、物を知っている人ということができるのである。

おくのほそ道

『おくのほそ道』は、江戸時代の俳人、松尾芭蕉が書いた紀行文です。芭蕉は四十六歳のときに、弟子の曾良をつれて江戸を出発し、東北や北陸地方などを旅してまわりました。そのときの経験や見聞などをもとに書いたのが『おくのほそ道』です。日本の紀行文学の傑作として知られています。

松尾芭蕉の『おくのほそ道』の旅は、道のり約二千四百キロ、百五十日間をこえる大旅行でした。旅の行程は、深川（東京都）を出発し、北関東をとおって平泉（岩手県）、平泉から象潟（秋田県）、その後、北陸をとおって大垣（岐阜県）にいたるというものでした。芭蕉は、行く先々で、今もよく知られている名句をたくさんつくりました。

松尾芭蕉（1644年～1694年）
江戸時代の俳人。俳諧を芸術といえるまで高め、俳聖ともよばれる。「芭蕉肖像」（早稲田大学図書館所蔵）。

旅立ち

『おくのほそ道』の冒頭部分です。漂泊の旅へとさそわれる思いを述べています。

月日は百代の過客にして、行きかふ年もまた旅人なり。舟の上に生涯を浮かべ、馬の口とらへて老いを迎ふる者は、日々旅にして旅をすみかとす。古人も多く旅に死せるあり。予もいづれの年よりか、片雲

意味

月日は永遠に旅をする旅人のようなもので、去ってはくる年々も、また旅人である。船の上で働いて生涯をすごす人や、荷物をのせる馬のくつわをひいて年をとっていく人にとっては、毎日が旅であり、旅がすみかといえる。（風雅〈芸術〉の道に生きた）昔の人も、旅のとちゅうに死んでいる人は多

の風にさそはれて、漂泊の思ひやまず、海浜にさすらへて、去年の秋、江上の破屋に蜘蛛の古巣をはらひて、やや年も暮れ、春立てる霞の空に、白河の関越えむと、そぞろ神の物につきて心をくるはせ、道祖神の招きにあひて、取るもの手につかず、股引の破れをつづり、笠の緒付けかへて、三里に灸すゆるより、松島の月まづ心にかかりて、住めるかたは人に譲りて、杉風が別墅に移るに、

草の戸も住み替はる代ぞ雛の家

面八句を庵の柱に懸け置く。

おくのほそ道の旅に出発する松尾芭蕉（左）と弟子の河合曾良（右）。「奥之細道図」（与謝蕪村／京都国立博物館所蔵）。

ことば

古人……中国の詩人の杜甫や李白、日本の歌人の西行、連歌作者の宗祇など、芭蕉が敬愛する昔の人たち。

予……わたし。自分。

江上……大きな川のほとり。ここでは、隅田川のほとりのこと。

そぞろ神……人の心を誘惑する神。

道祖神……旅の安全を守る神。

三里……ひざ頭の下にあるつぼ。お灸をすえると足が軽くなるとされる。

杉風……芭蕉の弟子、杉山杉風。

面八句……百句つづける連句のはじめの八句。柱にかけるのが当時の風習。

い。わたしもいつのころからか、ちぎれ雲をふきとばす風にさそわれるように、漂泊（きまった住居や仕事もなくさまよい歩くこと）への思いがおさまらず、海辺をさすらって、去年の秋、隅田川のほとりにある粗末な家（芭蕉庵）に帰って、（留守のあいだにできた）くもの巣をはらって、やがて年も暮れ、（新年になると）春がすみが立つ空の下で、（つぎは）白河の関をこえたいと、そぞろ神がとりついてそわそわさせ、道祖神がまねいているような気がして、とるものも手につかず、股引の破れをつくろって、笠の緒（首に結ぶひものこと）をつけかえて、（ひざの）三里（のつぼ）にお灸をすえると、松島の月がまず気になって、（それまで）住んでいた家は人にゆずり、（弟子の）杉風の別荘にうつって、

草の戸も住み替はる代ぞ雛の家

意味　（ついこのあいだまで住んでいた）草庵（芭蕉の住まい）にも、つぎの住人が住んで、雛飾りをかざった家になっている。

とよんで、面八句を庵の柱にかけておいた。

平泉

平泉（今の岩手県西磐井郡平泉町）は、平安時代末期に繁栄した奥州藤原氏が、藤原清衡、基衡、秀衡の三代にわたって拠点としたところです。芭蕉がおとずれたときは、すでにその面影はなく、田や畑が広がり、草がおいしげっているばかりでした。

三代の栄耀一睡のうちにして、大門の跡は一里こなたにあり。秀衡が跡は田野になりて、金鶏山のみ形を残す。まづ、高館に登れば、北上川南部より流るる大河なり。衣川は、和泉が城をめぐりて、高館の下にて大河に落ち入る。泰衡らが旧跡は、衣が関を隔てて南部口をさし固め、夷を防ぐと見えたり。さても義臣すぐつてこの城に籠もり、功名一時の草むらとなる。「国破れて山河あり、城春にして草青みたり」と笠打ち敷きて、時のうつるまで涙を落としはべりぬ。

かつて源義経が住んでいた高館から見た北上川。

意味

（奥州藤原氏の）三代にわたった栄華も一睡の夢とすぎ、大門の跡は一里（約四キロ）ほど手前にある。（藤原）秀衡の館のあとは田んぼになって、（庭の築山にあたる）金鶏山だけが（昔の）かたちを残している。まず高館にのぼれば、（眼下に）北上川という大河が南部地方（盛岡市を中心とする地域）から流れているのが見える。衣川は和泉が城のまわりを流れて、高館の下で大河（北上川）に合流している。泰衡らが住んでいた跡は、衣が関をへだてたむこうにあり、南部地方からの道をかためていて、蝦夷の侵入をふせいでいたと見える。それにしても、（源義経が）忠義にあつい家臣を選んでこの高館にこもり、（戦で）功名を立てたのも一時のことで、（今では）ただの草むらとなっている。（杜甫の詩「春望」の一節を思いうかべて）「国破れて山河あり、城春にして草青みたり」と、笠をしいて腰をおろし、いつまでも涙を流したのであった。

夏草や兵どもが夢の跡

卯の花に兼房見ゆる白毛かな　曾良

かねて耳驚かしたる二堂開帳す。経堂は三将の像を残し、光堂は三代の棺を納め、三尊の仏を安置す。七宝散り失せて、玉の扉風に破れ、金の柱霜雪に朽ちて、既に頽廃空虚に草むらとなるべきを、四面新たに囲みて、甍を覆ひて風雨を凌ぎ、しばらく千歳の記念とはなれり。

五月雨の降り残してや光堂

中尊寺金色堂をおおう覆堂（岩手県西磐井郡平泉町）。

ことば

大門……ここでは平泉の館の正門。

秀衡が跡……藤原秀衡の館跡。

高館……源義経のいた館。

和泉……藤原秀衡の三男、忠衡のこと。源義経をかばって兄の泰衡に殺されたとされる。

夷……蝦夷。古代に東北に住み、中央政権と争った人たちのこと。

曾良……河合曾良。芭蕉の旅に同行した弟子。

二堂……中尊寺の経堂（経蔵）と光堂（金色堂）。

三将……三代の武将。藤原清衡、基衡、秀衡のこと。

三尊……阿弥陀如来、観音菩薩、勢至菩薩の三体の像。

五月雨……旧暦五月ごろにふる梅雨の長雨。

夏草や兵どもが夢の跡
意味　源義経や奥州藤原氏の人々が功名を願い、栄華をほこったことが夢のようだ。今ではただ夏草が無心においしげっている。

卯の花に兼房見ゆる白毛かな　（曾良の句）
意味　白い卯の花を見ていると、義経を守って最後まで戦った武将の（十郎権頭）兼房の白髪頭がしのばれる。

以前から（そのすばらしさを）聞いておどろいていた（中尊寺の）二堂が開帳している。経堂（経蔵）には（奥州藤原氏の）三将の像があり、光堂（金色堂）には三人の棺がおさめられ、三尊の仏が安置されている。（豪華な）宝物は散ってなくなり、宝石でかざられた扉は風でこわれ、金色の柱は霜と雪によってくちて、もう少しで、くずれてあとかたもない草むらになってしまうところを、四方を新しく囲い、屋根に瓦をふいて風雨をしのぎ、しばらくのあいだは、千年の（昔をしのぶ）記念として残ることになった。

五月雨の降り残してや光堂
意味　長くふる梅雨の雨も、この光堂にはふらなかったのだろうか。光堂だけが昔のさまを残している。

立石寺

芭蕉が山形市にある立石寺を参拝したときの話です。

山形領に立石寺といふ山寺あり。慈覚大師の開基にして、ことに清閑の地なり。一見すべきよし、人々の勧むるによりて、尾花沢よりとつて返し、その間七里ばかりなり。日いまだ暮れず。ふもとの坊に宿借り置きて、山上の堂に登る。岩に巌を重ねて山とし、松柏年旧り、土石老いて苔滑らかに、岩上の院々扉を閉ぢて物の音聞こえず。岸を巡り岩を這ひて、仏閣を拝し、佳景寂寞として心澄みゆくのみおぼゆ。

閑かさや岩にしみ入る蝉の声

立石寺（山形市）の納経堂。
立石寺は「山寺」ともよばれる。

ことば

慈覚大師……平安時代初期の天台宗の僧、円仁。
開基……寺院を創立すること。
尾花沢……今の山形県尾花沢市。
佳景寂寞……すばらしい景色がひっそりとしているようす。

意味

山形領内に、立石寺という山寺がある。慈覚大師がひらいた寺で、とくに清らかで静かな場所である。ちょっと見たほうがよいと人々がすすめるので、尾花沢からひきかえしたが、そのあいだは七里（約二十八キロ）ほどである。

日はまだ暮れていない。（山の）ふもとの宿坊（参詣者のとまる施設）に宿を借りて、山上のお堂にのぼる。岩に岩がかさなって山となり、松や檜は老木で、土や石は古びて苔がなめらかに（おおっており）、岩の上に建てられた十二院のとびらはとじられていて、物音が聞こえない。がけのふちをまわって、岩をはってのぼり、仏閣をおがめば、すばらしい景色はひっそりと静まっていて、（自分の）心がすんでいくことだけが感じられる。

閑かさや岩にしみ入る蝉の声

意味　夕暮れの立石寺は、あたり一帯静まりかえっている。鳴いている蝉の声が一筋、岩にしみとおるようだ。

最上川

流れが急なことで知られる最上川を舟でくだったときの話です。

最上川はみちのくより出でて、山形を水上とす。ごてん・はやぶさなどいふ、おそろしき難所あり。板敷山の北を流れて、果ては酒田の海に入る。左右山おほひ、しげみの中に船を下す。これに稲つみたるをや、いなぶねとはいふならし。白糸の滝は青葉の隙々に落ちて、仙人堂、岸に臨みて立つ。水みなぎつて舟あやふし。

さみだれをあつめて早し最上川

日本三大急流のひとつである最上川。現在も舟下りを楽しむことができる。

芭蕉と曽良の像（山形県新庄市）。芭蕉が最上川をくだる舟に乗った場所に建てられている。

意味

最上川は、陸奥から流れでて、山形領が上流である。碁点・隼などというおそろしい難所がある。板敷山の北を流れて、ついには酒田で海に流れこんでいる。（川の）左右は山におおわれ、（木々の）茂みのなか、舟をくだしていく。この舟に稲をつんだものを、古歌で「いなぶね」とよんでいるらしい。白糸の滝は青葉のあいだに流れ落ち、仙人堂は岸にのぞんで立っている。水のいきおいが強く、舟が危ういほどである。

さみだれをあつめて早し最上川

意味　五月雨が集まって、最上川が水のいきおいをましてみなぎり流れていることだ。

ことば

ごてん・はやぶさ……碁点の瀬と隼の瀬のこと。岩が多く、流れの急な難所の名前。

酒田……今の山形県酒田市。最上川の河口にある港町。

仙人堂……山形県最上郡戸沢村にある外川神社。白糸の滝よりも最上川の上流にある。

監修　伊東玉美（いとう たまみ）

白百合女子大学文学部国語国文学科教授。博士（文学）。専門は説話文学・中世文学。神奈川県立横浜翠嵐高等学校卒業。東京大学文学部卒業。同大学院修士・博士課程修了。著書に『宇治拾遺物語のたのしみ方』（新典社）、『むかしがたりの楽しみ　宇治拾遺物語を繙く』（NHKカルチャーラジオテキスト）。訳注に『新版 発心集』（角川ソフィア文庫）などがある。

編集・DTP　ワン・ステップ
デザイン　グラフィオ
画像提供　立教大学図書館、小倉百人一首殿堂 時雨殿、明星大学、早稲田大学図書館、東京国立博物館、国立国会図書館、京都国立博物館

声に出して楽しもう 古典の世界
古文に親しもう

2017年2月 初版発行

監　修　伊東玉美
発行所　株式会社金の星社
〒111-0056 東京都台東区小島 1-4-3
電話　03-3861-1861（代表）
FAX　03-3861-1507
振替　00100-0-64678
ホームページ　http://www.kinnohoshi.co.jp

印　刷　広研印刷株式会社
製　本　東京美術紙工

NDC910 40p. 29.5cm ISBN978-4-323-06591-5